VOILA	ALSO, DA HABEN WIR'S
RIEN NE VA PLUS	NICHTS GEHT MEHR
S'IL VOUS PLAIT	BITTE
MON DIEU	MEIN GOTT
IMPOSSIBLE	UNMÖGLICH
ALORS	ALSO
OUI	JA
MON COEUR	MEIN HERZ, MEINE LIEBE
D'ACCORD	EINVERSTANDEN
N'EST-CE PAS?	NICHT WAHR?
TRES AMUSANT	SEHR WITZIG
ON	NEIN
ON	GUT
ON AMI	MEIN FREUND
ONNE NUIT	GUTE NACHT

Für Henrik, Malin und Danny

Unser gesamtes lieferbares Programm und
viele ergänzende Informationen unter:
www.dix-verlag.de

ISBN 978-3-941651-54-8

Cover- und Innenillustration: Fides Friedeberg
Lektorat: Angelika Vandervelt
Reihengestaltung: Franziska Walther
Gestaltung und Satz: fototypo, Berlin
Druck und Bindung: Uhl, Radolfzell
Printed in Germany

DIX LitLe

BAUM 532

SIMAK BÜCHEL
FIDES FRIEDEBERG

532

1

Solange Ume und Katiti denken konnten, lebten sie auf dem untersten Ast von Baum 532 im Regenwald von Kakamega. Obwohl die beiden Chamäleons so unterschiedlich waren wie nur irgend möglich, blieben sie die besten Freunde. Ume war ebenso behäbig wie schreckhaft und verbarg sich ständig zwischen Blätterwerk und Rindenfurchen. Katiti hingegen wuselte keck um ihren dicken Freund herum und legte den Kopf immer wieder in den Nacken, um den gewaltigen Stamm hinauf- und hinabzublinzeln. Denn Baum 532 war ihre ganze Welt.

Dabei hatten Forscher erst vor kurzer Zeit eine kleine, rote Plakette mit besagter Zahl auf den Stamm des Urwaldriesen genagelt. Und seitdem hieß Umes und Katitis Baum 532. Der Tag der Benennung war in ihrem Leben bisher der aufregendste gewesen. Im Grunde genommen spielte sich ihr Alltag nämlich ziemlich eintönig im Unterholz ab. Von Zeit zu Zeit schwirrte einmal eine saphirfarbene Fliege durch das Dickicht, um von Umes oder Katitis Zungenschnalzen gestoppt zu werden. Oder ein Vogel schwang sich zwischen den Lichtfächern zum Blätterdach auf. Und abgesehen von den Klickern und Trillern und tschilpenden Rufen, war unten rings um den Stamm nur hin und wieder ein Rascheln zu hören. Dann huschte Kleines oder Großes, Haariges oder Schuppiges durch die modrige Wirrnis aus krispelndem Laub und faulenden Strünken, um gleich wieder zu verschwinden.

Ja, und dann gab es da noch die Forscher. Immer zur gleichen Zeit kehrten diese zu Baum 532 zurück. Jeden Morgen erschienen zwei Männer, zu Umes und Katitis salbeifarbener Verwunderung, um Punkt acht Uhr am Stamm des Baumriesen. Sie kritzelten ein paar Zahlen in ihre Mappen und legten einen Augenblick lang den Kopf in den Nacken, genau wie Katiti.

Dann spürte diese ein Kribbeln in ihrem Bauch, das sich bis in die eingerollte Schwanzspitze fortsetzte, als würden die Forscher ihrem schimmernden Blick begegnen. Mehr passierte nicht im Leben der beiden Chamäleons. Für Ume war es immer noch aufregend genug, aber Katiti hatte seit dem Auftauchen der Forscher eine fliederfarbene Unruhe befallen. Plötzlich war da ein Nagen in ihren Gedanken, dass es doch eigentlich mehr geben müsste als all dies hier. Und wenn dann zufällig ein Lichtstrahl durch das Dämmern brach und ein Fleckchen ihres Astes in Helligkeit getaucht wurde, stakste sie eilig herbei und warf sich in das Leuchten. Dann blühten all ihre Farben auf und Katiti posierte, bis der Sonnenstrahl verlosch. Mit dem Verschwinden des Lichtes wurde auch sie wieder matt und hielt wehmütig nach dem nächsten Fleckchen Helle Ausschau. Doch erst weit, weit über ihren Köpfen erahnte Katiti das Blau des Himmels und Lachen von Licht. Denen galt fortan ihre ganze Sehnsucht.

„Eines Tages ...“, sagte sie träumerisch zu Ume, während sie sich in ihrer Schlafnische aneinander kuschelten. „Ach Ume ... Eines Tages werde ich die Sonne sehen und den Himmel und dann werde ich den dicksten Käfer fressen, der je unter einem Blatt hervorgekrabbelt ist.“

Ume erschrak, wenn Katiti so von ihrem Weggehen sprach, wurde ganz dunkel und zitterte. Traurig fragte er seine Freundin dann:

„Warum reicht dir unser Ast nicht, Katiti? Haben wir nicht alles, was wir brauchen? Knusprige Ameisen, saphirfarbene Fliegen und eine Baumnische, in der wir uns nachts aneinanderkuscheln können?“

„Pah!“, machte sie. „Unser Ast ist ein popeliges Stückchen Holz, mehr nicht! Der Baum, Ume, der Baum ist so viel größer und höher! Und ganz oben muss es atemberaubend schön sein und bunt und hell! Hier unten ...“, sie verzog spöttisch die Mundwinkel, „hier unten kommt alles nur gefiltert an. Jeder Tropfen ist tausendmal abgetropft und nur selten verirrt sich ein Sonnenstrahl.“

Daraufhin schwieg Ume betreten, weil ihm alles, was jenseits ihres Astes lag, Angst einflößte. Insgeheim hoffte er, Katiti würde ihre Träumerei vergessen.

Doch bereits am darauf folgenden Morgen entdeckte Katiti unten auf dem Waldboden ein Stück Papier, das einem der Forscher aus der Mappe gerutscht sein musste. Es war eine Weihnachtspostkarte, auf der im Schneegestöber der hell erleuchtete Eifelturm von Paris zu sehen war. Katiti bekam glänzende Augen, als sie sich von ihrem Ast aus darüber beugte.

„Schau, Ume! Schau, mein lieber, dicker Ume!“, sagte sie und wurde rostrot vor Aufregung. „Ein Lichtbaum, Ume! Ein Baum ganz aus Licht!“

Ume linste ihr über die Schulter und ringelte seinen Schwanz um die Rinde.

„Das ist ein Zeichen, Ume." Katiti riss ihre Augen von der Karte los und hielt den dunklen Kopf ihres Freundes zwischen den Krallen.

„Mein Zeichen!", flüsterte sie und drückte ihn an sich. Dann wanderte ihr Blick von Ume zum Eifelturm und weiter dem Kronendach von Baum 532 entgegen. Hinauf ins Licht.

„Vielleicht ...", hauchte sie, „vielleicht kann man den Lichtbaum von dort oben aus sehen, Ume!" Katiti spürte, dass ihr Freund schwer schluckte. „Ich muss es einfach wissen, Ume! Ich muss!"

Aber Ume schüttelte nur den Kopf und nahm die Farbe des Holzes an, auf dem er saß. Katiti bemerkte nicht einmal mehr, dass ihm eine Träne über die Hornschuppen rann, während sie einen ersten Schritt nach oben wagte.

2

Ohne einen Blick zurückwerfen, setzte Katiti einen Fuß vor den anderen. Schritt für Schritt. Stunde um Stunde. Schon wusste sie nicht mehr, wie weit sie bereits gestiegen war. Unendlich schien der Weg den Stamm hinauf, denn je höher sie kletterte, desto dämmriger wurde es. Der Tag ging zur Neige und über ihrem Kopf tauchte die Sonne in das flüsternde Blattwerk des Waldes ein. Und während Katiti den Kopf wendete, um einen Blick in die Tiefe zu werfen, beschlich sie ein violettes Zögern.

„Ob ich das Richtige tue?“, fragte sie sich, von plötzlichem Schwindel ergriffen. Sogleich tauchte in ihren Gedanken aber wieder das Bild des Lichtbaumes auf und der Zweifel wurde von Streifen orangefarbener Zuversicht durchbrochen. Bevor Katiti weiter grübeln konnte, erklangen auf einmal eigenartige Stimmen, die von einem weit ausladenden Ast direkt über ihr zu kommen schienen.

„Siehst du den Käfer, Pierre? Siehst du ihn? Unter dem Ütchen! Nun mische ich die drei Ütchen, Pierre ... Kannst du mir folgen? *Voilà*! Wo ist der Käfer, Pierre?“

„Ich nehme das rechte Ütchen! Ganz sicher, Jacques. Dort ist der Käfer!“

Katiti schüttelte sich und konnte ihren Sinnen kaum trauen. Was sprachen die Stimmen bloß von Ütchen und Käfern? Ausgerechnet Käfer! Diesem Geheimnis musste Katiti erst einmal auf den Grund gehen, bevor sie ihren beschwerlichen Weg fortsetzen konnte. Zumal ihr allein schon das Reden über Käfer das Wasser im Mund zusammenlaufen ließ. Katiti spürte, wie ihre Zungenspitze anschwoll und unter dem Gaumen zu tänzeln begann. Mit einiger Anstrengung wuchtete sie sich über einen letzten Borkenwulst und sah vor sich zwei Stummelaffen sitzen. Diese hatten sich inmitten eines Wustes aus Tageszeitungen, Stiften, Mützen, Tassen und flitterndem Kleinkram häuslich eingerichtet. In der vom Blattwerk abgeschirmten Lichtkuppe einer Petroleumlampe kauerten sie da und waren in ein Spiel vertieft. Der rechte Affe, Katiti tippte auf Jacques, hatte sich ein rotes Taschentuch um die Stirn gebunden und ließ seine Finger auf drei hohlen, halben Nussschalen ruhen, die auf dem Stamm zwischen ihren Füßen lagen.

„Bist du dir sicher, Pierre? *Rien ne va plus*! Nichts geht mehr!“

„Sicher bin ich mir sicher, Jacques! Was fragst du da? Natürlich das rechte Ütchen!“

Als Pierre sich ihr zuwandte, bemerkte Katiti, dass dieser auf einer alten Pfeife herumkaute und die Nase krauszog.

„Das rechte Ütchen soll es sein, Pierre? So sei es!“

Jacques ließ mit einer flinken Geste die Nussschalen los und beide Stummelaffen starrten gebannt darauf. Nach einer Pause bewegte sich jedoch ausgerechnet die linke Nussschale. Jacques hob diese in die Höhe und ein blaumetallisch schimmernder Rosenkäfer kam darunter zum Vorschein. Er knisterte empört, als man ihn wieder zudeckte. Pierre schlug die Hände vorm Gesicht zusammen und stieß ein erbarmungswürdiges Klagen aus.

„Jammer nicht, Pierre! So sind die Regeln. Zünglein raus! *S'il vous plaît*!“

Widerwillig gehorchte Pierre, streckte seine Zunge heraus und schielte mit einer höchst wunderlichen Mischung aus Ekel und Wonne auf ein kleines, feuerrotes Fläschchen, das Jacques aus einem Astloch hervorzog. Rasch drehte dieser den Verschluss auf und träufelte Pierre ein teuflisches Tröpfchen Tabascosauce auf die bibbernde Zungenspitze. Und noch während Pierre wie ein Irrwisch auf- und absprang, seine Zunge im kühlen Abendhauch schlenkerte und ihm Tränen aus den Augen schossen, starrte Katiti ungläubig auf die Affen. Doch erst, als Pierres Japsen leiser wurde und seine Hopser an Wucht verloren, räusperte sie sich.

„Hr-hm ..."

„*Mon Dieu*, Pierre! Schau! Ein Chamäleon!"

Die beiden Stummelaffen musterten Katiti, während der Rosenkäfer versuchte, sich mitsamt Nussschale aus dem Staub zu machen. Geistesgegenwärtig setzte Jacques seinen Fuß darauf und stoppte den Flüchtling.

„Ein Chamäleon, Jacques? So weit oben? *Impossible*! Was für eine Überraschung!"

„Überraschung? Ja ha! Hallo!", sagte Katiti und wechselte unruhig von einem Bein auf das andere. „Ich heiße Katiti und bin auf dem Weg nach ganz oben! Den Lichtbaum will ich sehen und die Sonne. Und ich will den dicksten Käfer fressen, der je unter

einem Blatt hervorgekrabbelt ist. Und ... und was ... was macht ihr hier?"

„Wir? *Alors*, mein Schätzchen!", und an seinen Kollegen gewandt: „Jacques, glaubst du es? Da fragt uns die Kleine, was wir hier tun? Nach was sieht es denn aus, äh?"

„*Oui*! Nach was sieht es aus?", fragte nun Jacques mit vorwurfsvoll in die Seiten gestemmten Fäusten, dass seine weißen Fellsträhnen nur so zitterten.

„Na, wenn ihr Flauschbommel es unbedingt wissen wollt, ich glaube, ihr spielt Ütchen ...", sagte Katiti schlagfertig, da sie bereits marsrote Empörung in sich aufsteigen spürte.

Pierre und Jacques wechselten einen Blick und fingen dann an zu lachen. Dabei fiel Pierre die zerkaute Pfeife aus dem Mundwinkel und verschwand auf Nimmerwiedersehen im Halbdunkel des Waldes.

„Flauschbommel? *Mon coeur* ...", nuschelte er, musste aber gleich weiterlachen. „Nicht schlecht, Schätzchen, gar nicht schlecht geraten! Aber mein werter Kollege und ich, wir spielen nicht nur nicht Ütchen, nein, wir forschen! Wir sind Forscher und haben uns vorgenommen, die Forscher zu erforschen. Wir studieren ihr Verhalten, weißt du ... *d'accord*?!"

Katiti verstand nicht recht und legte den Kopf schräg.

„Wir äh … Jacques und ich, wir beobachten die Menschen, die hierher in den Wald von Kakamega kommen und wir sammeln …“

„Ihr sammelt?“

„*Oui*! Ganz recht, Schätzchen! Wir sammeln allen Menschenkram, den wir finden können, *n'est-ce pas*? Täglich machen wir einen Streifzug zu ihrem Lager. Und dort, mein Kind, dort durchwühlen wir ihre Zelte und sammeln Material …“

Weit ausholend wies der Stummelaffe auf all die Gegenstände, die sie auf ihrer Astgabel ausgebreitet hatten. „Im Moment versuchen Pierre und ich zu ergründen, ob es sich bei den Forschern um intelligente Lebewesen handelt oder nicht.“

Pierre nickte nachdrücklich.

„Oder nicht ist wahrscheinlicher!“, sagte er. „Dieses Ütchenspiel zum Beispiel haben wir vor zwei Tagen erstmals bei den Forschern beobachtet. Aber wir kommen nicht hinter den Sinn. Es ist … *alors*.“ Jacques zwinkerte Katiti zu und stupste Pierre in die Seite. „Es ist *très amusant*, aber es macht keinen Sinn, *n'est-ce pas*?“

Katiti schien immer noch nicht zu verstehen, die beiden Affen sprachen einfach zu komisch miteinander. Deswegen beschloss Jacques kurzerhand, ihr eine Demonstration zu bieten.

„Schau hier, Schätzchen! Wir haben drei Ütchen ..."

„Ütchen?" Katiti verzog die Mundwinkel.

„Nussschalenütchen!"

„Hütchen vielleicht?", fragte Katiti.

Pierre und Jacques schüttelten die Köpfe.

„*Non,* Ütchen! Die Forscher sagen immer Ütchen, nicht Hütchen! Ütchen und Schätzchen und *mon Dieu* und so weiter. Wir versuchen, uns in sie hineinzuversetzen und lernen ihre Sprache, *n'est-ce pas*? Sogar ihre Namen haben wir angenommen! Wie auch immer, Schätzchen, wir haben drei davon."

„Drei Ütchen ...", versuchte es Katiti erneut.

„*Oui*! Drei Ütchen. Unter einem Ütchen ist der Käfer. Siehst du den Käfer, *mon coeur*? Siehst du ihn, er ist unter dem linken Ütchen. Jetzt decke ich alle zu und mische die Ütchen."

„Du mischst die Ütchen ..."

„*Oui*! Und zwar schnell! Siehst du die Ütchen? Siehst du sie? Und nun, sag mir, wo ist der Käfer?"

Katiti war Jacques Verwirrspiel mit rosiger Neugierde gefolgt, wobei ihr sehr gelegen kam, dass sie beide Augen unabhängig voneinander bewegen konnte. Egal wie schnell der Stummelaffe die Nussschalen verschob, sie wusste haargenau, unter welchem sich der Käfer gerade befand. Siegesgewiss tippte sie auf die mittlere Nussschale und wartete, bis Jacques seine Hände anhob und sich die Schale zu bewegen begann. Erstaunt stießen die Affen einen Pfiff aus und Jacques lupfte die Nussschale vom Käfer. Und dann passierte etwas, das Katiti sofort furchtbar peinlich war. In ihrem Kopf machte es plötzlich *Klick* und ein saftiges Schnalzen war zu hören.

3

„*Mon Dieu*! Schätzchen, du hast unser Spiel uriniert!“

„Ruiniert, Jacques! Ruiniert! Und ich gebe dir vollkommen Recht, *mon ami*! Unsere Forschung ist im Eimer! Drei Ütchen ohne Käfer, das ist ... das ist ...“

„Eine Katastrophe, Pierre!“

Noch während sich die beiden Stummelaffen erbosten, hatte Katiti leise kauend ihre Farbe dem Untergrund angepasst und war muskatbraun mit der Dämmerung verschmolzen. Aus sicherer Deckung heraus sah sie zu, wie sich Pierre und Jacques ereiferten, bis sie merkten, dass Katiti verschwunden war. Da ging das Poltern erst richtig los, und der Ast erzitterte unter ihren Tobsuchtsanfällen. Manch ein gesammelter Zeitungsbogen segelte dabei gemächlich dem Waldboden entgegen. Katiti schluckte nur still den Käfer herunter und kletterte an der lichtabgewandten Seite weiter den Stamm hinauf.

Nach einiger Zeit wurden auch die unter ihr kreischenden Stummelaffen ruhiger. Schließlich wünschten sie sich gegenseitig eine gute Nacht – „*Bonne nuit*, Jacques!“ „*Bonne nuit*, Pierre!“ – und drehten den Docht der Petroleumlampe herunter.

Katiti war trotz der völligen Finsternis nicht nach Nachtruhe zumute. Die Begegnung mit den Affen hatte sie perlgrau aufgewühlt. Und ohne etwas dagegen tun zu können, spürte sie alle paar Schritte ein kleines, gold gesprenkeltes Kichern in sich aufsteigen.

„*Mon Dieu*“, flüsterte sie, „was für dümmliche Flauschbommel, *n'est-ce pas*?“ Sie kicherte. „Ach, wäre doch Ume hier, mit dem könnte ich lachen ...“

Müde schob sie noch einen Fuß vor den anderen und kletterte, bis sie Luft und Holz vor lauter Dunkelheit nicht mehr unterscheiden konnte. Nach einer Ewigkeit endlich rollte sie sich in einer Astgabel zusammen und schlief erschöpft ein.

Am nächsten Morgen wurde Katiti von einem heiseren Krächzen geweckt. Und als sie die Augen aufschlug, entdeckte sie, dass die Krone von Baum 532 fast erreicht war. Nur noch wenige Meter fehlten ihr bis zum letzten Blatt am letzten Ast. Dahinter wartete ein strahlend blauer Himmel auf sie. Unter Katiti lagen dreißig Meter Luft und grüner Dschungel. Hier oben ging ein lauer Luftzug, in den sich die Düfte Tausender nektarsatter Blüten gemischt hatten. Und zwischen den Blättern drang Morgenlicht in einer Helligkeit durch, die Katitis Haut neue Farbspiele entlockte. Sie war ihrem Ziel zum Greifen nah.

Vor Aufregung wechselte Katiti mit dem Schlag ihres Herzens die Farben und saß einmal grün, dann blau, dann gelb und rot auf ihrem Ast. Nur noch kurz würde sie klettern müssen, dann hätte sie das äußerste Ende von Baum 532 erreicht.

Doch plötzlich zog ein dunkler Schatten direkt über ihren Schlafplatz und ihren Triumph hinweg. Augenblicke später knackte es und zwei Nashornvögel ließen sich ausgerechnet auf Katitis Ast nieder.

Das kleine Chamäleon krallte sich fest, da die ganze Baumkrone zu wanken begann. Der linke Nashornvogel legte seinen Kopf in den Nacken und krakeelte mit heiserer Stimme über den im letzten Dämmer schlummernden Regenwald von Kakamega hinweg:

„Wacht auf! Wacht auf! Die Welt erwacht,
vorbei ist längst die finstre Nacht!“

Und kaum, dass er geendet hatte, fiel der rechte Nashornvogel in das ohrenbetäubende Krächzen ein:

„Die Sonne steigt, der Himmel lacht,
es blitzt und dampft die ganze Pracht!“

Zufrieden mit ihrem gereimten Weckruf verlagerten die Nashornvögel ihr Gewicht und drehten mit ihren Schnäbeln einige der roten Früchte aus einer Rispe, die über ihren Köpfen baumelte. Katiti konnte nicht länger an sich halten, gähnte leise und wurde sichtbar.

„Oh ... ha ... hallo, ihr lieben Nashornvögel!“, begann sie in sandfarbener Verlegenheit. „Ich glaube, jetzt sind wirklich alle wach, nicht wahr?“

Und als sei es als Antwort auf ihre Frage gedacht, begannen Affen und Vögel aus den entlegenen Winkeln des Waldes zu rufen. Der Klang ihrer Stimmen stieg mit den Frühnebeln aus den verschlungenen Niederungen auf. Im ersten Licht des Tages erwachte die Welt zu neuem Leben. Nur die beiden Nashornvögel saßen wie erstarrt neben Katiti, rollten pikiert mit den Augen und trippelten schließlich seitwärts dem sich weiter durchbiegenden Ende des Astes entgegen.

„He! Was habt ihr denn, ihr Schnupfschnäbel! I ... ich wollte euch doch nicht beleidigen! Ich heiße Katiti und bin auf dem Weg nach ganz oben. Ich will die Sonne sehen und den Lichtbaum und den größten Käfer möchte ich fressen, der jemals unter einem Blatt hervorgekrabbelt ist!“ Katiti lächelte gewinnend und hockte sich den beiden gegenüber hin.

„Und ...“, begann sie erneut, „und was macht ihr hier oben?“

Die Nashornvögel würdigten sie immer noch keines Blickes. Wie pingelige Königskinder hockten sie da, bis der Linke sagte:

„Es spricht zu uns? So soll es reimen!“

Und sein Kollege sprang ihm hochschnäblig bei: „Dichten, rappen ... Nur nicht schleimen!“

„Hä?“, machte Katiti und wusste vor dunkelblauer Verblüffung einen Moment lang nichts zu sagen. „Reimen? Was? Wie? Nein ... ach ...“ Katiti ächzte leise. „Ihr lieben Nashornvögel, mir ... mir fällt aber leider gar nichts ein, was sich auf irgendetwas reimt. Ich kann nun einmal gar nicht dichten!“

Da plusterte sich der rechte Vogel auf und krächzte an seinen Kollegen gewandt: „Soll’n wir verzichten?“

„Mitnichten!“, kam die prompte Antwort.

„Richten und Schlichten?“

„Zum Dichten verpflichten!“

„Au weia ...“, unterbrach Katiti. „Was meint ihr Flatterflegel? Zum Dichten verpflichten? Och nö! Bei

euch piept es wohl! Was quasselt ihr denn da für einen Stuss? Dabei ... dabei wollte ich doch eigentlich ... was ganz anderes sagen!“

Die Nashornvögel ließen sich von Katitis Rede nicht im Mindesten beeindrucken und reimten weiter.

„Nagende Klagen?“

„Nur nicht verzagen!“

„Es muss doch nur zwei Wörter wagen ...“

„... die miteinander sich vertragen!“

Katiti wurde fast schwarz vor Groll. „Wagen? Vertragen? Oh Mann! Was für ein Quatsch!“

Da wechselten die beiden Vögel einen irritierten Blick und eine Pause trat ein.

„Quatsch? Schwierig ... schwierig ...“, krächzte der Linke und schlug dann vor: „Matsch?“

„Klatsch!“, ergänzte der andere selbstgefällig.

„Kladderadatsch!“ Da fingen beide an zu giggeln, dass ihre flaumigen Rücken nur so zuckten.

„*Mon Dieu*!“, fauchte Katiti, die sich endgültig überdichtet fühlte. Da waren ihr ja sogar die verrückten Affen eine Etage tiefer lieber gewesen. „Ihr beiden ... ihr ... ihr habt echt einen Vogel!“

Verdutzt hefteten die Nashornvögel einen stechenden Blick auf das Chamäleon.

„Haben? Ha! Sind, sind!“, verbesserte der Linke.

„Du kindisches Rind!“, schoss der Rechte aufbrausend hinterher.

„Oder bist du blind?“

Nun begann Katiti purpurn zu zittern und pustete die Backen auf.

„Pah!“, machte sie. „Ihr ... ihr könnt mich mal gern haben! Ihr Tutengockel! Ne Macke habt ihr und zwar eine prächtige!“

„Ne Macke?“

„Au Backe!“

„Wie ...“

„... unhöflich!“

Die Nashornvögel wippten kurz und stießen sich dann mit aller Kraft ab. Mit zwei, drei knallenden Flügelschlägen wuchteten sie sich dem Himmel entgegen und ließen Katiti allein auf dem nachschwingenden Ast zurück.

4

Mit allen Vieren und ihrem Schwanz musste sie sich an das Holz klammern, um nicht in die gähnende Tiefe geschleudert zu werden. Vor Übelkeit wurde Katiti erst am Kopf mintgrün, woraufhin sich die Farbe bis in ihre Schwanzspitze fortsetzte.

„Oh weia ...“, jammerte sie, nachdem sich der Ast wieder beruhigt hatte. „Leben auf unserem Baum denn nur Bekloppte? Affen, die Ütchen spielen und dichtende Nashornvögel? Wenn das Ume wüsste!“

Ein wehmütiges Lichtblau mischte sich in Katitis Mintgrün und sie seufzte. Aber schon im nächsten Moment strich ein Windstoß in den Baumwipfel, schob die letzten Blattfächer über ihr beiseite, sodass ein wärmender Lichtstrahl ihren kleinen Körper traf. Sofort erglühte sie und fasste neuen Mut.

„Nein Katiti“, ermahnte sie sich selbst, „nun hast du es so weit geschafft und lässt nicht die Zunge hängen. Nicht so kurz vor dem Ziel!“ Sie gab sich einen Ruck und kletterte den verbliebenen Hauptast empor, bis dieser so schmal wurde, dass sie ihn umgreifen konnte. Zwischen den höchsten Blättern schob sie ihren Kopf hindurch und tauchte endlich in ein nie geahntes Gleißen, das ihren Augen wehtat.

Baum 532 wankte hin und her und Katiti musste sich mit aller Kraft an das Zweiglein drücken. Ein mulmiges Gefühl ballte sich in ihrem Magen, obwohl oder gerade weil sie ihr Ziel erreicht hatte. Über ihr spannte sich der Himmel wie ein unendlich großes Zelt aus reinem Blau. Keine einzige Wolke segelte darüber hin und nur die beiden Nashornvögel konnte sie auf einem Kissen warmer Luft kreisen sehen.

Katiti glühte. Und die Welt lag ihr zu Füßen.

„So ... groß ...", staunte sie. „Doch den Lichtbaum ... Da? Nein. Hm, wie schade, den kann ich selbst von hier aus nicht sehen."

Noch während sich Katiti anstrengte, alles Neue in sich aufzunehmen, ertönte mit einem Mal ein basstiefes Brummen aus den Tiefen von Baum 532. Katiti legte ihren Kopf schräg und lauschte in das Blätterdickicht des Dschungels unter ihr. Kein Zweifel, da näherte sich etwas Großes der Krone. Und sofort nahm Katiti die Farbe ihrer Umgebung an, um mit den letzten Blättern des Baumes zu verschmelzen. Unterdessen wurde das Brummen lauter, stieg Stockwerk für

Stockwerk vom Boden empor. Unter sich glaubte sie plötzlich die Stimmen der forschenden Stummelaffen zu vernehmen.

„*Mon Dieu*! Schau, Jacques! Schau, was für ein Brummer!“

„*Non, non* ... Pierre! Nicht ablenken, *n’est-ce pas*? Wo ist der Käfer, Pierre? Sag mir, unter welchem Ütchen er ist!“

„Unter keinem Ütchen, Jacques! Dort, dort fliegt er!“

Das Brummen wurde lauter, schwoll zu einem markigen Vibrieren an, schraubte sich Runde für Runde den Stamm hinauf und hielt direkt auf Katiti zu. Diese wagte sich nicht mehr zu regen, flüsterte nur: „Und den größten Käfer werde ich fressen, der je unter einem Blatt hervorgekrabbelt ist ...“

Dann erschien er. Groß wie eine Männerfaust teilte der Goliathkäfer die letzten Zweige. Massig schraubte er sich empor, passierte Katiti und dann ... Dann war ein lustiges Schnalzen zu hören. Katitis Zunge schnellte vor, traf den gewaltigen Käfer direkt unterm Bauch und hielt sein Steigen auf. Ihre Zunge dehnte sich, wurde länger und länger. So stark hatte sie den Käfer nicht eingeschätzt. Dieser summte noch zorniger, als er bemerkte, von wem er am Weiterflug gehindert wurde. Er drehte seine schimmernden Augen dem Brustpanzer zu und entdeckte Katitis Zungenspitze. Eine Sekunde lang ließ er seinen Flügelschlag ruhen, sackte zurück, griff mit seinen sechs Beinen nach ihrer Chamäleonzunge und startete mit voller Kraft erneut durch. Katiti erschrak so sehr, dass sie den Halt verlor und sich Augenblicke später pendelnd in der freien Luft wieder fand. Nun hing sie unter dem größten Käfer, der je unter einem Blatt hervorgekrabbelt war und ihre Zunge fing an zu schmerzen.

„Autfff daf tut mir weh ...“, rief sie.

Doch der Goliathkäfer zeigte kein Mitleid, legte sich weiter ins Zeug und gewann an Höhe. Mit einem boshaften Brummen stieg er lotrecht empor und schleppte die zappelnde Katiti mit sich. Höher und immer höher stiegen sie, bis das Blau körnig und die Luft kühler wurde. Unter Katiti schrumpfte Baum 532 zu einem grünen Fleck inmitten des Dschungels zusammen. Sie sah von oben auf ihre Welt hinab und bemerkte, dass ringsherum Dutzende, Hunderte, Tausende andere Bäume standen und sich ins Licht reckten. Katiti erblickte den Wald und hinter dem Wald

eine neue Welt. Leider sah sie selbst aus dieser Höhe den Lichtbaum nicht. Vielmehr schien der Wind durch sie hindurchzugehen, als der Goliathkäfer mit einem Ruck stoppte.

„He, du Rumpfsumse ... laff mif lof!“, zischte Katiti dottergelb, dachte einen kurzen Augenblick über ihren Satz nach und schluckte schwer. „Äh ... war nif fo gemeint ...“, grinste sie verlegen. Doch der Goliathkäfer hatte genug von Chamäleonspucke und albernen Höhenflügen, lockerte seinen Griff und ließ Katiti fallen. Einen Moment lang sah er ihr nach, dann brauste er davon.

Der Luftzug dröhnte in Katitis Kopf und ihre Zunge schlackerte hinter ihr wie ein Fallschirm, der sich nicht öffnen wollte. Sie fiel.

Sie stürzte! Die Welt raste ihr entgegen! Baum 532 wurde in Windeseile größer! Und über ihm zwei geflügelte Schatten, die krächzend ihre Bahnen zogen. Im nächsten Augenblick krachte Katiti mit voller Wucht auf den Rücken eines Nashornvogels, dass dieser ächzend durchsackte. Es verschlug ihm den Atem und er brachte nicht einmal einen geschimpften Schüttelreim zustande.

Benommen kullerte Katiti aus seinem Gefieder und fiel weiter. Blätter schlugen ihr gegen die Krallen, Äste zischten an ihr vorbei. Ein Stockwerk rauschte vorüber, dann das nächste. Unter sich sah sie zwei schwarz-weiße Punkte schnell größer werden. Jacques und Pierre waren in ihr Hütchenspiel vertieft. Und gerade in dem Moment, als Pierre Jacques nach einer verlorenen Raterunde ein Tröpfchen Tabasco auf die Zungenspitze träufeln wollte, rauschte Katiti genau auf Pierres Arm. Sie prallte ab und stürzte weiter.

Katitis Schwung hatte Pierre jedoch einen kräftigen Stoß verpasst und Jacques die gesamte Tabascoflasche in den Mund gedrückt. Vor Schreck holte dieser tief Luft ...

Wie gut, dass Katiti weiter stürzte! Über sich hörte sie nur das Schimpfen der Nashornvögel, Jacques Schrei und Pierres Lachen. Und Katiti machte sich darauf gefasst, im nächsten Moment auf dem Urwaldboden aufzuschlagen.

Aber plötzlich hörte sie aus dem untersten Ast von Baum 532 ein Schnalzen. Sie spürte eine Berührung an ihrer Schwanzspitze und merkte, wie ihr Fall langsam abgebremst wurde. Ume saß an ihrem alten Platz und hatte seine Zunge nach Katiti geschleudert. Unter ihrem Gewicht bog sich das Holz durch, als ihr Sturz aus höchsten Höhen abgemildert wurde. Erst kurz vor der Erde stoppte ihr Fall. Vor sich auf dem Waldboden erkannte Katiti die Weihnachtspostkarte mit dem Lichtbaum wieder. Doch noch bevor sie einen klaren Gedanken formen konnte, schnellte der Ast empor und Katiti verlor das Bewusstsein.

5

„Oh, da ist ein Baum! Ein Baum aus Licht! Und er hängt voller Ütchen und Dichterketten ... Ein Baum, ein Lichtbaum!“

„Katiti?“ Umes Stimme drang besorgt in ihr Fiebern. Seit Minuten schon beobachtete er das Farbenspiel der Träume auf Katitis Haut und versuchte zu erraten, was sie gerade sah.

„Oh *mon ami*! Und ein Käfer ... mhm ... ein Käfer, wie ihn die Welt noch nicht gesehen hat!“

In einem nervösen Flackern wechselte Katiti die Farben. Ein ganzer Farbkasten rauschte über ihren bebenden Körper hinweg. Und Ume bekam es mit der Angst zu tun.

„Ka-ti-ti!“, rief er. „Katiti, hörst du mich?“

Verwirrt schlug diese die Augen auf und erblickte über sich gebeugt den dicken Freund. Sofort schwappte ein safranfarbenes Glücksgefühl über sie hinweg und das Farbenflackern hörte auf. Katiti warf sich Ume an den Hals.

„Ume! Ume! Ein Traum, alles ... alles nur ein Traum! Ein böser Traum! Ich dachte, ich wäre ganz auf unseren Baum hinauf geklettert, hätte Jacques und Pierres Ütchenspiel zerstört und mit Nashornvögeln gesprochen. Ich dachte, ich sei gestürzt ..."

Betreten wich Ume Katitis Blick aus.

„Es ...", murmelte er, „es war kein Traum, Katiti. Du bist wirklich gestürzt. Im letzten Moment konnte ich dich fangen ..."

„Kein Traum?", fragte Katiti und sah von ihrem Freund zur Krone von Baum 532 empor. „All das war echt?"

Ume wackelte mit dem Kopf und sog tief die Luft ein. Mit einem Mal begann Katiti zu lächeln.

„Ach Ume! Du ... du hast mir das Leben gerettet!" Wieder drückte sie ihn, dass alle Farbe aus ihm wich. „Mein dicker Ume! Mein lieber, dicker Held! Du glaubst es mir nicht, Ume, du glaubst es nicht! Aber hier auf unserem Baum leben nur Bekloppte! Nur Bekloppte, mein Freund!"

Ume lächelte verlegen und folgte Katitis Blick den Stamm hinauf.

„Aber den Lichtbaum, den kann man auch von oben nicht sehen, Ume. Nur Bäume und noch einmal Bäume und dahinter eine ferne Welt ..."

„Bäume?“, fragte Ume. „Bäume wie unser Baum?“

„Bäume, Ume! Viele Bäume, Hunderte! So weit das Auge reicht!“

Ume schien zu überlegen, verlagerte sein Gewicht von einem Bein auf das andere und rang sich endlich zu einem Ginstergelb durch. „Katiti ...“, begann er leise. „Katiti, ich möchte, dass du mir alles erzählst. Schüppchen für Schüppchen!“

Sie nickte eifrig.

„Und dann ...“, sagte Ume, „und dann möchte ich, dass wir gemeinsam nach oben klettern. Ich will all das sehen, was du gesehen hast, Katiti. All die anderen Welten! Morgen schon, gleich morgen, Katiti! Versprichst du es mir?“

Nun war es Katiti, die einen Kloß im Hals spürte. Noch einmal gingen ihr all die sonderbaren Dinge durch den Kopf, die sie erlebt hatte. Dann schmiegte sie sich an die duftende Rinde von Baum 532 und nahm einen Herzschlag lang seine Farbe an.

„Mon Dieu“, hauchte sie und strahlte heller als der Eifelturm im dichtesten Schneegestöber. „Sagen wir übermorgen, Ume ... übermorgen ist gut! Die Welten warten ja auf uns!“

Foto: Daniela Huetzen

Der Autor

Dr. Simak Büchel wurde 1977 in Bonn geboren und leitete mehrere Jahre internationale Jugendbegegnungen in Ostafrika. Seit 2007 ist er freier Autor und bringt Kindern mit seinen Abenteuer-Lesungen die Faszination für Geschichten näher. Zuletzt wurde sein Schaffen mit einem Arbeitsstipendium des Landes NRW für Autoren ausgezeichnet. Mit Frau, Sohn und Tochter lebt er im Bergischen Land.

www.simakbuechel.de

Foto: Lilly Friedeberg

Die Illustratorin

Dipl.-Designerin Fides Friedeberg, Jahrgang 1970, studierte Kommunikationsdesign an der Rhein-Sieg-Akademie in Hennef. Zunächst arbeitete sie als Werbegrafikerin. Seit 2002 ist sie selbstständig und hauptsächlich als Illustratorin für Schul- und Kinderbuchverlage tätig sowie für Zeitschriften und Museen. Sie lebt mit ihrer Tochter in Bonn.

www.fides-friedeberg.de

DIX LitLe – Literatur für Lesestarter

Eine Buchreihe für Jungen und Mädchen in ihren ersten Lesejahren

Wie lernen Kinder Lesen und wie gewinnen sie Spaß am Lesen? Dazu kursieren unterschiedlichste Ansätze und auch in Zukunft werden Experten immer wieder über Methoden streiten.

Es gibt bereits ein sehr großes Angebot an nach Alter, Schulklasse oder Leseumfang gestaffelten sogenannten Erstlesebüchern. Das ist gut und sicher hilfreich. Aber diese Bücher werden sehr schnell inhaltlich wie sprachlich quasi von sich selbst überholt. Jede dieser Einteilungen widerspricht auf die eine oder andere Art der Lese-Erfahrungswelt und der individuellen Entwicklung unserer Kinder.

DIX LitLe geht einen anderen Weg. **DIX LitLe** bietet Literatur für Jungen und Mädchen, Literatur, die von Lesestartern der ersten vier Grundschuljahre bewältigt werden kann. Literatur, die sie fordert – nicht überfordert. Geschichten, die Kindern in diesem Alter Spaß machen, damit ihnen das Lesen Spaß macht.

DIX LitLe-Bücher können perfekt in den kreativen – auch fächerübergreifenden – Schulunterricht eingeflochten werden, sie eignen sich hervorragend als Klassenlektüre und für Schulbüchereien.

Die Autoren dieser Bücher sind nicht nur versierte Kinderbuchschreiber, sie sind auch Pädagogen, Philologen und Leseförderer. Sie wissen, wie man bei Kindern Lust an Literatur wecken kann.

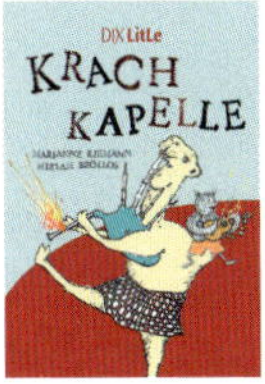

DIX LitLe-Titel wachsen mit: Im ersten Schuljahr wird ein Kind das Buch zusammen mit einem Vorleser in die Hand nehmen, nach und nach aber selbst darin lesen – je nach wachsender Lesekompetenz des Einzelnen.

DIX LitLe-Bücher gehören nicht zur großen Masse der Ex-und-hopp-Titel. Sie bieten inhaltlich und sprachlich so viel, dass Kinder sie wieder und wieder hervornehmen und mit zunehmendem Alter neue und andere Dinge in den Texten (und Bildern) entdecken.

DIX LitLe-Bücher sind sehr verschieden in Inhalt und Umsetzung, so wie auch Kinder zwar im gleichen Alter sind, aber völlig unterschiedliche Interessen haben.

DIX LitLe-Titel sind aufgrund ihrer Covergestaltung als Bücher für Lesestarter auf den ersten Blick erkennbar. Alle werden von Künstlern illustriert und bieten im Innenteil immer anderes – denn das Auge liest mit.

DIX LitLe-Bücher bieten kein Text-Fast-Food, sondern Literatur für Lesestarter, mit Texten, die Spuren hinterlassen.

DIX Verlag ist Mitglied bzw. Partner

- Arbeitsgemeinschaft von Jugendbuchverlagen (avj)
- Arbeitskreis Jugendliteratur e. V. (AKJ)
- Bundesverband Leseförderung e. V.
- Bundesverband Alphabetisierung und Grundbildung e. V.
- Kompetenzteam „Das andere Kinderbuch“ der Hochschule Krefeld
- KinderKulturFörderung e. V.

DIX
VERLAG

BAUM
532